GUÍA DE LECTURA

Escrita por Elena Pinaud
Traducida por Tamara Montes Blanco

Diez negritos

de Agatha Christie

AGATHA CHRISTIE

NOVELISTA, DRAMATURGA Y ESCRITORA DE RELATOS INGLESA

- **Nacida en 1890 en Devon (Inglaterra)**
- **Fallecida en 1976 en Oxford (Inglaterra)**
- **Algunas de sus obras:**
  - *Muerte en el Nilo* (1937), novela
  - *Diez negritos* (1939), novela
  - *Pudding de Navidad* (1959), antología de relatos

Agatha Christie (1890, Devon-1976, Oxford) fue una autora inglesa de novelas policíacas, muy prolífica y mundialmente conocida. Ha escrito más de sesenta novelas (*El asesinato de Roger Ackroyd*, 1926, *Asesinato en el Orient Express*, 1934, *Muerte en el Nilo*, 1937), varias obras de teatro (*La ratonera*, 1947), dos autobiografías y seis novelas bajo el pseudónimo de Mary Westmacott.

Algunos de sus detectives, como Hércules Poirot y Miss Marple, son personajes recurrentes en sus libros, que sobresalen por un estilo siempre sorprendente, pero reconocible gracias a constantes como, por ejemplo, la habilidad de mantener el enigma y el suspense hasta el final, la espontaneidad y el humor de las respuestas y de los personajes y el factor sorpresa.

DIEZ NEGRITOS

DE UNA CANCIONCILLA INFANTIL A UNOS INQUIETANTES ASESINATOS

- **Género:** novela policíaca
- **Edición de referencia:** Christie, Agatha. 2009. *Diez negritos*. Traducido por Orestes Llorens. Barcelona: RBA
- **Primera edición:** 1939
- **Temáticas:** angustia, asesinato, aislamiento, culpabilidad, investigación, puesta en escena

Diez negritos (1939) es una novela policíaca que propone a los lectores una macabra puesta en escena —con matices lúdicos, en apariencia, ya que el título alude a una canción para niños— de una serie de crímenes, como castigo por actos reprensibles, contra los que la justicia se muestra impotente.

La atmósfera misteriosa y angustiante, el ritmo de los diálogos y la estructurada organización de la historia siguen seduciendo a los lectores, niños o adultos.

RESUMEN

LA MISTERIOSA FAMILIA OWEN

El caso se desarrolla en los años cuarenta, en Devon (Inglaterra). El primer capítulo pone en escena a casi todos los protagonistas de camino hacia la isla del Negro: el juez Wargrave, Vera Claythorne, el capitán Philip Lombard, Miss Emily Brent, el general Macarthur, el doctor Armstrong, Anthony Marston y Mr. Blore. Todos han sido invitados por el señor o la señora Owen, propietarios de la isla. Sin embargo, una vez reunidos en el pequeño puerto, los invitados se dan cuenta de que nadie conoce a los Owen, ni la isla del Negro, que, vista desde lejos, tiene aspecto «siniestro» (Christie 2009, 25).

La casa de los Owen es muy moderna y sus empleados domésticos, Mr. Rogers y su mujer, aseguran un servicio irreprochable. No obstante, afirman que no conocen a los propietarios (quienes además no se encuentran en la isla). Vera descubre en su habitación el texto de una cancioncilla que habla sobre diez negros que desaparecieron uno tras otro. Piensa que esto es simplemente por el nombre de la isla («Esta isla debía su nombre a su parecido con una cabeza de hombre... de labios negroides», Christie 2009, 19).

LA CANCIONCILLA DE LOS DIEZ NEGRITOS

Durante la cena, los ocho huéspedes descubren que la cancioncilla sobre los diez negritos se encuentra en cada una de sus respectivas habitaciones y que sobre la mesa del comedor hay diez estatuillas de negritos. Poco después, una voz surgida de la nada acusa a todas las personas presentes en la isla de haber cometido un crimen.

En realidad, la voz proviene de un disco colocado en un gramófono en una habitación contigua. Rogers confiesa entonces que recibió una carta de Owen con la orden de poner el gramófono en marcha. Explica que él y su mujer fueron contratados por el intermediario de una agencia para Ulik Norman Owen, que les envía sus indicaciones por correo.

Después, el juez Wargrave sugiere que cada invitado explique la razón por la que ha venido a la isla y responda a las acusaciones que han oído, y así lo hacen. El juez observa que las iniciales de la pareja de anfitriones componen la palabra inglesa «*unknown*», es decir, «desconocido», y concluye que quien haya enviado las invitaciones «conoce de [ellos] muchas cosas» (Christie 2009, 54). También propone abandonar la isla, pero Rogers contesta que el único medio para marchar es el barco que llega cada mañana con provisiones.

LOS PRIMEROS ASESINATOS

Al final de la tarde, Anthony Marston bebe un trago de whisky y fallece. El doctor Armstrong analiza el vaso y afirma que Marston ha muerto envenenado: un suicidio, según parece. Vera no puede parar de pensar que Anthony Marson ha muerto como en el primer verso de la cancioncilla: «Diez negritos se fueron a cenar./Uno se ahogó y quedaron:/Nueve».

Mr. Rogers, el empleado doméstico, despierta al doctor

Armstrong en mitad de la noche para que constate el falle-
cimiento de Mrs. Rogers. Así lo hace y anuncia esta noticia al
resto de huéspedes después del desayuno.

Esa misma mañana, el barco de las provisiones no llega y
los invitados empiezan a preocuparse, sobre todo porque
comienza a hacer mal tiempo. La preocupación de todos
aumenta cuando Rogers descubre que ya solo quedan ocho
estatuillas de negros sobre la mesa del comedor.

Lombard piensa que a todas las personas reunidas en la isla
les atañen «crímenes [que] escapan de la justicia humana»
(Christie 2009, 90) y que Marston y Mrs. Rogers han sido
asesinados por U. N. Owen, que tiene que encontrarse en el
lugar. Lombard, provisto de una pistola, Blore y Armstrong
inspeccionan la isla. Los invitados acaban por sospechar los
unos de los otros, puesto que no hay ni el más mínimo rastro
de Owen, ni en la isla ni en la casa.

A la hora de cenar, Macarthur se ausenta y después lo
encuentran muerto, con un garrotazo en la cabeza. El juez
Wargrave hace entonces balance del día y su conclusión es
inapelable: Owen tiene que ser uno de ellos. Organiza una
especie de investigación, en la que reconstruye los momen-
tos de las muertes de Marston y de Mrs. Rogers, así como las
acciones de cada invitado durante estos acontecimientos. El
juez concluye que no se puede declarar inocente a nadie de
forma categórica. Por lo tanto, el criminal está entre ellos y
deben desconfiar los unos de los otros.

Al día siguiente, encuentran muerto a Rogers, con un ha-
chazo en la cabeza. Sobre la mesa del comedor ya solo que-

dan seis estatuillas. Sin embargo, los invitados continúan el día con normalidad. Después del desayuno, Miss Brent, que se ha quedado sola en el comedor, oye un zumbido de abeja y siente una picadura en el cuello. Los demás la encuentran muerta. Obligan a Arsmtrong, el único que tiene una jeringa, a que deje que lo registren, pero el objeto ya no está en su equipaje. El juez decide inspeccionar a cada uno de los cinco supervivientes y poner en lugar seguro los medicamentos de Armstrong y el revólver de Lombard, pero el arma también ha desaparecido. Finalmente, Blore descubre la jeringa, que había sido lanzada por la ventana del comedor junto con la quinta estatuilla.

Alertados por los gritos de Vera, asustada por un alga que cuelga del techo (y que ella ha confundido con una mano que quería estrangularla), los supervivientes acuden apresuradamente a su habitación, todos excepto el juez. Después, los demás lo descubren en un sillón del comedor, con una túnica escarlata (la cortina roja del cuarto de baño que había desaparecido) y una peluca de juez improvisada. Armstrong constata que ha muerto de un disparo en la cabeza.

Por la noche, Blore oye pasos en la entrada y tiene el tiempo justo de vislumbrar una silueta que está saliendo de la casa. Despierta a los otros, pero Armstrong no les responde. Blore y Lombard van en su busca, pero no lo encuentran y vuelven a la casa. Se dan cuenta de que ha desaparecido otra de las estatuillas del comedor.

EL CRIMEN PERFECTO

Al día siguiente, los tres supervivientes están de los nervios. Vera piensa que Armstrong les ha tendido una trampa. Los tres salen de la casa en busca del doctor. Blore vuelve a la casa para comer y los otros dos lo encuentran muerto, con la cabeza rota por el golpe de un reloj de pared.

Inquietos a causa de este asesinato, Lombard y Vera se refugian en los acantilados, desde donde divisan el cadáver de Armstrong, muerto ahogado. Lo sacan del agua, y, mientras tanto, Vera consigue hacerse con el revólver que Lombard lleva en el bolsillo y lo mata. Está convencida de que, una vez sola en la isla, quedará fuera de peligro.

De vuelta a la casa, ve tres estatuillas sobre la mesa del comedor. Tira dos y deja una. Entonces sube a su habitación, donde encuentra una cuerda atada al techo y una silla debajo. Agotada psicológicamente, se cuelga.

Cuando se descubren los cuerpos, se lleva a cabo una investigación para descubrir al culpable. Dos inspectores de Scotland Yard, Thomas Legge y Maine, hablan de los diez cadáveres descubiertos en la isla del Negro, comprada por un tal Isaac Morris (personaje sospechoso, muerto misteriosamente justo antes de la llegada de los diez protagonistas a la isla) para el señor Owen. Según su investigación, todos los invitados se habrían visto implicados en crímenes, pero ninguno había sido declarado culpable por falta de pruebas. Piensan que el criminal es necesariamente uno de los diez personajes asesinados en la isla. A través de la lectura de sus respectivos diarios —que concuerdan—, Maine reconstruye el curso de los asesinatos, y concluye que después de la muerte de Blore, de Lombard y de Vera, quedaba un superviviente en la isla —que pudo colocar la silla que Vera utilizó para ahorcarse—. Pero no consigue averiguar quién era el asesino.

El último capítulo es la confesión escrita del juez Wargrave, el asesino de la isla del Negro. Confiesa sus crímenes en una carta que firma con su nombre completo (Lawrence Wargrave) y que tira al mar en una botella cerrada: si la carta llega a manos de la policía, se revelará el secreto de los crímenes; si no, el misterio permanecerá intacto. El juez, que se encontraba al final de su carrera profesional y padecía una enfermedad mortal, decide terminar su vida como «artista del crimen» (Christie 2009, 213) y cometer el crimen perfecto, que nadie podrá descifrar.

Se enteró por oídas de los secretos de los otros nueve personajes convocados en la isla del Negro, que compró con la ayuda de Isaac Morris. Mató a este último sugiriéndole que tomara un medicamente que en realidad era veneno. Por lo tanto, Isaac Morris es su décima víctima, ya que Wargrave se suicida como inocente.

Finalmente, la carta es descubierta por el patrón del arrastrero *Emma Jane* y enviada a Scotland Yard.

ESTUDIO DE LOS PERSONAJES

EL JUEZ WARGRAVE

Este personaje, con el que se abre y se cierra el libro, es un antiguo juez temido en el mundo de la justicia, donde «[a]lgunos decían que le gustaba enviar a los acusados a la horca» (Christie 2009, 35). El doctor Armstrong recuerda su manera de impartir justicia: «Ejercía una gran influencia sobre el jurado: según decían, era él quien tomaba las decisiones. Había conseguido increíbles veredictos de culpabilidad en dos ocasiones» (Christie 2009, 35).

Se erige como juez supremo en la isla del Negro y manipula a los otros personajes como si fueran marionetas. Además de su talento de juez impío, Wargrave tiene muchas otras cualidades:

- prevé las reacciones de los otros igual que un perspicaz psicólogo (envía a cada uno una invitación falsa, lo suficientemente bien escrita como para engañar a todo el mundo);
- tras el primer crimen, organiza y lleva a cabo una investigación como un auténtico policía;
- también tiene dotes de actor (disimula muy bien su juego) y de director («¡Quería algo teatral, imposible!», Christie 2009, 213);
- hubiera podido ser escritor de relatos policíacos: «[T]enía una imaginación muy romántica» (Christie 2009, 211);
- en resumen, es el asesino perfecto («Ambicionaba cometer un crimen misterioso que nadie pudiera resolver»,

Christie 2009, 221).

Por lo tanto, Wargrave es un personaje complejo:

- adolescente diabólico, le encantaba torturar y matar insectos, acto con el que, según él mismo confiesa, experimentaba al mismo tiempo un inmenso placer y unos remordimientos implacables;
- adulto muy seguro de sí mismo, lo anima un sentimiento de justicia particular. Se fía de su instinto y es capaz de percibir quién es un criminal. Además, otros personajes lo califican, inconscientemente, de un modo revelador: «Algún loco con una idea particular de la justicia» (Christie 2009, 207); «Puede ser que Wargrave se crea omnipotente, con poder para decidir sobre la vida y la muerte» (Christie 2009, 129);
- ve terminar sus días con emoción. «Decidí *vivir* intensamente hasta la hora fatal» (Christie 2009, 216), dice.

Es el vivo reflejo de una especie de nuevo Satán, todopoderoso en su «infierno» (la isla del Negro), que dispone de sus víctimas a su propia voluntad. Mata a los otros siguiendo un orden preestablecido: los que, según él, eran menos culpables son asesinados primero, mientras que los más culpables son ejecutados en último lugar. Se suicida con el revólver de Lombard, para lo que se sirve de un sistema de cuerdas y de un pañuelo. De este modo, da a los investigadores la impresión de que realmente lo han matado de un tiro en la cabeza, como queda registrado en los diarios de sus víctimas.

VERA CLAYTHORNE

Esta joven, que trabajaba como institutriz, profesora de gimnasia y secretaria particular durante las vacaciones escolares, cometió un crimen por amor: fingió que salvaba a Cyril, el niño del que era institutriz, para que su enamorado, Hugo, pudiera heredar la fortuna familiar y casarse con ella. Sin embargo, niega ser responsable y afirma que hizo todo lo posible por salvar a Cyril.

Muy inteligente, comprende con bastante rapidez que la cancioncilla sobre los diez negritos es una advertencia. Sufrirá el suplicio de tener que esperar a la muerte hasta el final, puesto que muere la última —por lo tanto, Wargrave considera que su crimen es el más grave—: se cuelga, agotada por el miedo, los remordimientos y la desesperación.

Tiene una mente muy lógica, intenta no perder el control y desconfía de todos los demás invitados de la isla («Miss Claythorne no tiene nada de histérica», Christie 2009, 142).

EL CAPITÁN PHILIP LOMBARD

Lombard es un antiguo marino desamparado que reconoce haber abandonado y dejado morir a un grupo de indígenas en África, pero se defiende diciendo que «la supervivencia es el primer deber de un hombre» (Christie 2009, 56). Se ha dejado arrastrar a la mortal aventura de la isla del Negro para ganar dinero. Solía andar metido en asuntos sucios: «en el pasado de Lombard la legalidad no había sido siempre una condición *sine qua non*» (Christie 2009, 12).

Su crimen es muy grave, según Wargrave, puesto que es el penúltimo en morir. Sin embargo, gracias a su espíritu aventurero y a sus experiencias de toda clase, no vive con miedo, como los demás. Es el único que adivina quién era el asesino, Wargrave, y cuáles eran sus motivaciones.

MISS EMILY BRENT

Esta anciana santurrona, que recibió una educación puramente militar y religiosa por parte de su familia, tiene unas actitudes muy cerradas, le encanta hacer punto y juzgar a los demás. No teme a la muerte, ya que piensa que ha llevado una vida irreprochable. Se considera inocente del crimen del que se la acusa: haber echado de su casa a una empleada doméstica que estaba embarazada y acabó por suicidarse. Este personaje muere en quinto lugar.

EL GENERAL MACARTHUR

Este personaje venerable, antiguo militar, muere el tercero. Como le sucede también al resto de personajes, sus recuerdos le pesan demasiado, carga con ellos en la conciencia, y el sentimiento de culpa se hace cada vez más fuerte. Resulta que envió a un joven oficial a una misión de reconocimiento durante la Primera Guerra Mundial, y este murió, como es normal en una guerra. Pero Macarthur conocía el alto riesgo que conllevaba esta misión y envió expresamente a ese oficial para castigarlo por ser el amante de su mujer.

No tiene tanta fuerza interior como los demás para disimular sus temores y, cuando comprende que morirá en la isla, se siente en paz, puesto que eso supondrá el fin de sus tormentos.

EL DOCTOR ARMSTRONG

Tiene una sólida reputación entre los ricos y una brillante carrera, pero un pesado recuerdo le perturba, el de una mujer que murió a causa a una operación que él efectuó en estado de ebriedad.

Es crédulo e ingenuo. Wargrave lo manipula fácilmente y lo convierte en su cómplice para escenificar su suicidio: Armstrong es el único que se acerca al presunto cadáver del juez. Se supone que esta estratagema ayudará a Wargrave a hacerse pasar por muerto a ojos de los demás y poder continuar sus crímenes. Tiende una trampa Armstrong invitándolo a espiar juntos al «asesino». Armstrong se reúne con él por la noche en los acantilados, y Wargrave lo tira al agua.

ANTHONY MARSTON

Este joven apuesto («[s]u metro ochenta de estatura, sus cabellos rizados, su tez bronceada y sus ojos de azul intenso, suscitaban admiración», Christie 2009, 18) muere el primero. Wargrave lo ve como un chico amoral, sin conciencia, sin sentido de la responsabilidad y sin educación. Esto es así porque Marston sigue negando ser responsable del accidente de coche que provocó la muerte de dos niños que, según él, aparecieron de repente delante de su automóvil.

MR. BLORE

Es un antiguo policía corrupto y, por lo tanto, indigno de trabajar en el mundo de la justicia, según Wargrave. Blore testificó contra un atracador, al que acusó de haber matado al vigilante de un banco, y el atracador murió en prisión. Pero se trataba de un falso testimonio, ya que alguien pagó a Blore por mentir. Wargrave considera este crimen bastante grave y castiga a Blore matándolo de los últimos.

MR. ROGERS Y SU MUJER

Son empleados domésticos con una moral que no se puede considerar irreprochable totalmente: trabajaron para una rica viuda que cayó enferma una noche de tormenta. Rogers no pudo hacer nada por ella, puesto que la mujer murió antes de que él llegara con un médico. En cualquier caso, la pareja heredó una buena cantidad de dinero.

Wargrave considera que el señor Rogers es el verdadero responsable de la muerte de su antigua jefa y reserva para él un violento final. En cambio, la mujer de este, que ya es víctima de sus remordimientos y que actuó bajo la influencia de su esposo, muere mientras duerme.

CLAVES DE LECTURA

LA CANCIONCILLA Y LA PUESTA EN ABISMO

La cancioncilla *Diez negritos*, originalmente una canción americana escrita en el siglo XIX, es el hilo conductor de la historia. Tiene un papel de puesta en abismo: predice la suerte que le será infligida a cada uno de los personajes invitados a la isla del Negro. Esto se refuerza con la presencia de diez estatuillas de negros, cuya misión es marcar el ritmo de la eliminación de los invitados y crear presión en los supervivientes.

La pequeña historia que se cuenta en la cancioncilla anuncia la gran historia, la escrita por Agatha Christie, y se mata a cada personaje según el modo en el que desaparecieron cada uno de los diez negros de la cancioncilla: el primero, envenenado; el segundo, asesinado mientras dormía; el tercero, murió «por Devon» (Christie 2009, 32), como menciona la cancioncilla; el siguiente, con su hacha, cuando se disponía a cortar madera; el siguiente por una picadura; el sexto «se doctoró» (*ib.*) en derecho (la escena del juez); el séptimo murió ahogado («un arenque rojo se tragó a uno», *ib.*); al octavo lo golpeó un reloj con forma «oso» (*ib.*); al noveno lo mató una bala (la sangre es oscura como la piel «tost[ada]», *ib.*, por el sol) y el décimo se ahorca.

Asimismo, se trata de una cancioncilla que cantan los niños para designar quién tendrá que salir del juego o correr tras los otros. Esta función de eliminación aleatoria es la que permite a Wargrave suprimir, en forma de juego, a sus víctimas: «me sorprendió la suerte reservada a esos diez negritos, cuyo número disminuía a cada estrofa» (Christie 2009, 213).

¿SABÍA QUE...? LA PUESTA EN ABISMO

«Procedente de la autorrepresentación diminutiva, la puesta en abismo es una duplicación miniaturizada de la obra que, a través de la repetición o de alusiones apenas disimuladas, evidencia un tema esencial»[1] (Van Gorp 2001). En abismo: «se dice de una obra citada y encajada dentro de otra de la misma naturaleza (historia dentro de una historia, cuadro dentro de un cuadro, etc.»[2] (Larousse 1994).

LA INQUIETUD Y EL MIEDO

La posición de superioridad de Wargrave reside en el hecho de que sabe lo que va a suceder a continuación.

Crea, sádicamente, un estado de inquietud en los demás, que ignoran todo de quien los invita a la isla y de lo que les sucede. Rogers expresa este estado de la siguiente manera: «Y eso es lo que me da miedo. No tener ninguna idea» (Christie 2009, 131).

Tras los primeros asesinatos, la inquietud progresa hacia el

---

1. Cita traducida por ResumenExpress.com
2. Cita traducida por ResumenExpress.com

miedo. Todos tienen la certeza de que deben morir en la isla («Esperaban [...] que muriese del susto», Christie 2009, 166; «¡El miedo! ¡Qué cosa más rara!», Christie 2009, 198), pero no saben en qué momento ni en qué orden. Eso es lo que hace aumentar el miedo.

A esto se añade el sentimiento de culpa de cada uno, con lo que cuenta Wargrave. De hecho, este sentimiento es tan agobiante para algunos, que acaban reconociendo su culpabilidad (es el caso del general Macarthur, de Lombard y de Blore). Cada uno sabe que tiene razones para que lo castiguen con una condena a muerte, declarada por un juez invisible y desconocido.

EL RITMO DE LA ESCRITURA

La narración se desarrolla de un modo arborescente: el

---

3. Cita traducida por ResumenExpress.com
4. Cita traducida por ResumenExpress.com

punto de partida es simple —diez personajes sin relación entre sí—. Poco a poco, se dan detalles sobre cada uno que enriquecen —como las hojas que adornan los árboles— y complican la historia: acusaciones de crímenes, primero rechazadas y después reconocidas por los protagonistas, recuerdos y remordimientos que se apoderan de cada uno. Lo que asegura la cohesión entre estos personajes es el hecho de que cada cual es culpable de un crimen que la justicia no puede probar.

Como es habitual, Agatha Christie juega con el lector y con los personajes. Los arrastra a una historia en la que los indicios y las pistas posibles no hacen más que confundirlos: en un momento dado, las sospechas gravitan alrededor de Wargrave, pero pronto se anulan, puesto que él también tiene una carta de invitación y lo encuentran «muerto».

Lo que también desconcierta al lector es el hecho de que, en este libro, no hay un investigador. Por lo tanto, el lector tiene dificultades para encontrar al culpable, a falta de poder identificarse con un detective y de tener acceso a sus indicios.

La gran habilidad de la autora, en esta novela, se expresa a través de la construcción de una narración que se consume y que desaparece al mismo tiempo que los personajes, eliminados al ritmo de una cancioncilla: cuando ya no quedan «negros», la historia toca su fin.

PISTAS PARA LA REFLEXIÓN

ALGUNAS PREGUNTAS PARA PROFUNDIZAR EN SU REFLEXIÓN...

- Las novelas de Agatha Christie son célebres por contener humor. Muestre dónde lo podemos encontrar en esta novela.
- Lea otra novela de Agatha Christie y destaque los puntos en común. ¿Estos pertenecen al género policíaco o al estilo de la autora?
- Establezca una acusación o una defensa para cada uno de los personajes.
- Efectúe una búsqueda sobre la noción de puesta en abismo y explique la pertinencia de este término respecto a la novela.
- ¿Qué papel o papeles desempeña la cancioncilla? ¿Cómo participa en el suspense?
- ¿Cómo haría usted para adaptar esta novela a la época actual (teniendo en cuenta especialmente los avances tecnológicos)?
- ¿Podríamos decir que Wargrave ha perpetrado el crimen perfecto? Arguméntelo.
- ¿Realmente piensa que Wargrave ha hecho justicia actuando de este modo? Dé argumentos a favor y en contra.
- ¿Por qué la novela está dentro del género policíaco?

PARA IR MÁS ALLÁ

EDICIÓN DE REFERENCIA

- Christie, Agatha. 2009. *Diez negritos*. Traducido por Orestes Llorens. Barcelona: RBA.

ESTUDIOS DE REFERENCIA

- Bloch, Henriette, Roland Chemama, Eric Dépret et al. 1999. *Larousse. Le Gran Dictionnaire de la psychologie*. París: Larousse.
- Hamon, Pierre, ed. 1994. *Le Petit Larousse*. París: Larousse.
- Van Gorp, Hendrik, Dirk Delabastita, Lieven D'Hulst, Rita Ghesquiere, Rainier Grutman y Georges Legros, ed. 2001. *Dictionnaire des termes littéraires*. París: Honoré Champion.

ResumenExpress.com